MÉMOIRE A CONSULTER

SUR LA PROPOSITION DE FORMER

UN

RECUEIL DES MÉMOIRES

LUS DANS LES SÉANCES GÉNÉRALES DE L'INSTITUT,

ADRESSÉ A MESSIEURS LES MEMBRES DES CINQ ACADÉMIES.

§ I. Historique de la question. — Discussion. — Résultat nul. — La question reste entière.

§ II. Questions complexes dont la solution intéresse la compétence de plusieurs Académies. — Exemple : Comment on peut reconnaitre la Géométrie pour une Science parfaite, sans exposer les autres Sciences aux attaques du scepticisme. — Autre exemple tiré de la Musique ancienne.

§ III. Règlement des séances générales. — Le droit à la parole mis en question au centre même de la République des Lettres.

§ IV. Conclusion.

§ I.

Historique de la question. — Discussion. — Résultat nul. — La question reste entière.

Le 1er juillet 1857, je soumettais à l'Institut réuni en assemblée générale deux propositions :

La première de ces deux propositions n'ayant pour but

que d'arriver à la seconde, je m'occuperai d'abord exclusivement de celle-ci qui est la principale; la proposition secondaire viendra ensuite.

Ma proposition principale était donc qu'il fût institué un *Recueil des Mémoires lus dans les réunions générales des cinq Académies* : je développerai plus loin les motifs de cette proposition.

Auparavant, je rappellerai que M. le Directeur de l'Académie Française, qui présidait l'Institut ce jour-là, après avoir donné à l'Assemblée connaissance de la proposition, se hâta d'ajouter de son propre mouvement, qu'elle lui paraissait digne d'être adoptée (1), et que s'il n'y avait pas d'opposition, il la renvoyait à la Commission centrale administrative pour qu'il fût avisé aux voies et moyens de la mettre à exécution.

J'attendais le Rapport demandé pour la séance d'octobre. Le Rapport n'ayant point eu lieu comme je l'espérais, j'attendis janvier, puis avril. Enfin, après un an écoulé, je me résolus (séance de juillet dernier) à demander comment il se faisait que le Rapport de la Commission n'avait pas encore été mis à l'ordre du jour.

A ces mots d'ordre du jour, le Bureau voulut bien me répondre par l'organe de son honorable Secrétaire, que depuis longtemps l'usage des ordres du jour (sans lequel pourtant aucune discussion utile et sérieuse ne peut avoir lieu dans une assemblée nombreuse), que l'usage des ordres du jour, dis-je, formellement prescrit par l'article 8 du Règlement du 19 juillet 1848, était *tombé en désuétude;* que cependant, d'après ma juste réclamation, on se mettrait en devoir de rentrer dans le Règlement dès la séance suivante (octobre 1858), et que le Rapport de la Commission administrative, convoquée expressément pour s'occuper de ma proposition, s'y trouverait porté.

---

(1) « A la bonne heure, voilà une bonne proposition », dit l'illustre Président.

Quelques jours après, je reçois de M. le Secrétaire inté-
rimaire de l'Institut, en l'absence de M. le Secrétaire perpétuel de l'Académie des Inscriptions, l'invitation de lui
adresser une nouvelle rédaction de ma proposition, sans
laquelle, disait notre honorable Confrère, la Commission
administrative ne pouvait délibérer. Je m'empressai de
satifaire à cette demande fort juste et toute bienveillante,
superflue cependant, puisque ma proposition se trouvait
formulée dans le procès-verbal du 1er juillet 1857.

Encore quelques jours après, et derechef je reçois de
M. l'Agent spécial de l'Institut une prière de lui adresser
la rédaction de ma proposition. J'envoie la troisième rédaction demandée, et j'attends la séance d'octobre 1858.

A quelles fins ces demandes réitérées pour obtenir un
résultat toujours le même, et consigné d'avance dans un
procès-verbal enregistré ? c'est une question que je dus me
poser et m'efforcer de résoudre. Mais malgré tous mes
efforts pour y parvenir, j'en suis réduit à dire qu'après
avoir tenté diverses solutions, je n'en ai trouvé aucune que
je puisse énoncer sans blesser autrui ou sans me blesser
moi-même. . . . .

Quoi qu'il en soit donc de ce point d'histoire, il résulte
de l'exposé qui précède, que pour la séance d'octobre dernier, tous les Membres de l'Institut, présents comme absents,
devaient (du moins suivant ma manière de voir) avoir reçu
un ordre du jour annonçant le Rapport de la Commission
administrative sur la proposition faite par un Membre
quelconque, d'instituer un recueil des *Mémoires lus dans les
séances générales des cinq Académies,* et par suite, s'il y avait
lieu, une discussion sur l'objet de ce Rapport.

Au lieu de cela que se passa-t-il? D'abord, malgré l'engagement pris par le Bureau comme on vient de le voir,
quatre Académies sur cinq n'avaient reçu aucun ordre du
jour. Or, il est permis d'affirmer que si l'Assemblée se
trouva si peu nombreuse ce jour-là, cela tient à ce que l'on

1.

ignorait généralement qu'il dût y avoir une discussion de quelque importance. En effet, l'Institut a suffisamment prouvé dans toutes les circonstances, et notamment dans une occasion assez récente (au sujet du costume), qu'il n'hésitait pas à se rendre avec empressement à toute convocation, même à plusieurs convocations extraordinaires et successives, quand on lui assignait un but utile à atteindre dans ces réunions. Cette proposition n'a sans doute échoué que parce qu'elle était anonyme. La mienne pourrait-elle éprouver le même sort par une cause contraire?

Quant à la cinquième Académie, celle des Inscriptions et Belles-Lettres, il est vrai de dire que les Membres qui la composent, avaient, assez généralement et à quelques exceptions près, reçu un ordre du jour pour le 6 octobre, indiquant : « 1° une lecture de notre honorable Confrère M. Maury, 2° le Rapport de la Commission administrative sur la proposition de M. Vincent ».

Quoi qu'il en soit, le 6 octobre arrivé, M. le Secrétaire, jugeant avec raison qu'une question d'intérêt général devait avoir le pas sur une lecture particulière, même des plus intéressantes (1) et telle que toutes celles de notre savant Confrère, M. le Secrétaire, dis-je, après la lecture du procès-verbal de la séance précédente, informa l'Assemblée « que le procès-verbal du 1er juillet 1857 ne faisait aucune mention du renvoi de ma proposition à la Commission administrative, que cependant cette Commission avait bien voulu s'en occuper par suite de ma réclamation, et qu'elle avait déclaré : 1° qu'il n'existait aucun fonds applicable à l'objet proposé, 2° qu'il existait déjà assez de recueils de Mémoires publiés par les diverses Académies de l'Institut, et 3° que les recueils existants suffisaient à tous les besoins ».

_____

(1) C'est ce qu'indique d'ailleurs le texte du Règlement, d'après la lettre duquel les lectures de Mémoires ne seraient même qu'une extension donnée à l'objet principal des séances trimestrielles tel que l'entend le Règlement.

Ici se présentent plusieurs observations. D'abord, en intervertissant l'ordre du jour comme on venait de le faire, on commettait une nouvelle infraction à l'article 8 du Règlement déjà cité, et l'on empêchait de prendre part à la discussion une partie des Membres de l'Académie des Inscriptions, qui, sur la foi de leur ordre du jour, et comptant sur une heure au moins de lecture préalable, ne sont arrivés qu'à 3 heures, c'est-à-dire trop tard. En effet, un prétendu ordre du jour que l'on ne suit pas, n'est plus qu'un désordre organisé ou une véritable dérision.

A l'égard de l'absence au procès-verbal du 1er juillet 1857, de toute mention du renvoi de ma proposition à la Commission administrative (absence contre laquelle je n'ai point, il n'est que trop vrai, réclamé en temps utile), à cet égard, je ne puis que répéter ici ce que j'ai dit dans la séance du 6 octobre, savoir : « Qu'un jour où l'Institut » était présidé par l'Académie Française, et où son illustre » Secrétaire perpétuel tenait la plume, je ne pensais pas » qu'il pût être nécessaire de surveiller la rédaction d'un » procès-verbal ou de s'assurer de son exactitude ».

Sur ce point, qu'il n'existe aucun fonds applicable à la publication d'un recueil ayant la destination mentionnée, c'est là, qu'il me soit permis de le dire, une simple fin de non-recevoir, non un Rapport. Si M. le Président en exercice avait trouvé bon d'appeler devant la Commission l'auteur de la proposition à examiner, de même que, dans le but louable de recueillir le plus possible de lumières, et peut-être de remplacer les Membres absents, il y admettait des Confrères n'en faisant pas régulièrement partie, cette simple marque de bon vouloir en faveur de la proposition eût permis de présenter à la Commission quelques arguments qui ne sont point dépourvus de toute valeur.

Par exemple, sans qu'il soit nécessaire d'affecter au but indiqué des fonds spéciaux, en quoi les Mémoires réunis dans le recueil dont nous avons proposé la formation, oc-

casionneront-ils des frais d'impression plus considé-
rables que s'ils sont insérés dans les recueils déjà existants?
Un Titre particulier à composer tous les cinq ans par
exemple, cela mérite-t-il de servir de base ou de prétexte
à un rejet?

D'ailleurs, fût-il vrai que des frais, même un peu consi-
dérables, seraient nécessaires à l'exécution du projet en
question, je m'engage à faire connaître, en temps et lieu,
un moyen d'y subvenir. . . . .

Et en résumé, que mon projet soit seulement déclaré
utile, mais impossible, je n'en demande pas davantage :
nous voyons tous les jours réaliser des choses plus im-
possibles que celle-là. Nous pourrions alors attendre avec
confiance.

Voilà ce que l'on eût pu dire à la Commission, et voilà
ce que l'on eût dit à l'Assemblée des cinq Académies, si un
ordre du jour régulièrement signifié à tout l'Institut et régulièrement suivi à la séance, eût permis d'établir une discussion sérieuse; mais l'irrégularité de la convocation ne le
comportait pas. Aussi une partie des Membres ont-ils demandé avec raison que la discussion fût renvoyée à la pro-
chaine séance; mais un plus grand nombre, avec plus de
raison peut-être encore (vu l'absence de tout renseignement
sur l'état de la question, même sur l'existence d'une question à traiter), ont fait prononcer l'ordre du jour, pensant
que, dans la situation des choses, c'était tout ce qu'il était
possible de faire raisonnablement ce jour-là. Ainsi s'est termi-
née cette malheureuse séance dont je regretterais toute ma vie
d'avoir occasionné les déplorables incidents, s'il n'était possible d'en trouver l'excuse dans une suite fâcheuse de malen-
tendus dont je ne prétends faire porter la responsabilité sur
personne, mais dont il ne résulte pas moins que les actes de
cette regrettable séance du 6 octobre, *en tant que l'on préten-
drait, par voie d'interprétation, leur attribuer pour conséquence le rejet définitif de ma proposition,* se trouvent radi-

calement nuls ; sinon, il faudrait se résigner à ne plus voir dans nos Règlements, autre chose qu'une lettre morte.

C'est donc, dans l'hypothèse présumée, par respect pour ces Règlements, c'est par respect pour la Majorité absente dont on a méconnu les droits, c'est par respect pour la Minorité présente à qui l'on demandait un jugement sans l'avoir mise en demeure d'éclairer sa conviction, enfin c'est par respect pour la dignité de notre Institution, que j'ai formulé la protestation dont copie fut adressée à tous les Membres des cinq Académies le 14 octobre dernier.

M. le Président de l'Institut a bien voulu m'écrire au sujet de cette protestation: « Qu'il l'avait soumise au Bureau, » que le Bureau avait décidé qu'il ne pouvait se porter juge » d'une décision prise par la Majorité de l'Institut, et qu'en » conséquence il avait cru devoir se borner à déposer ma » lettre aux archives ».

Dans cette laconique réponse il est permis de voir : — 1°. une pétition de principe, — 2° un démenti donné aux faits, — et 3° un déni de justice. — En effet :

1° Mon opposition est fondée sur ce que l'on n'eût pas dû mettre aux voix une proposition qui impliquait la violation du Règlement ; et l'Autorité à qui cette violation serait imputable (toujours dans la même hypothèse), me répond que la décision est valable puisqu'elle est rendue.

2° J'objecte que la décision a été rendue par la Minorité; on me répond qu'elle a été rendue par la Majorité. Cependant la Majorité (puisqu'il y a majorité) des 101 Membres présents est loin de former la Majorité de l'Institut.

Et puis, comment cette Majorité a-t-elle été constatée? A-t-on compté les voix? a-t-on même été aux voix? rien de tout cela : « on ne s'entend pas, donc on ne veut pas vous en- » tendre » : telle est la manière dont peut se formuler cette singulière délibération. Qu'en pensent ceux de nos éminents Confrères qui savent ce que c'est qu'une assemblée délibérante régulièrement dirigée?

3° Enfin, j'en appelle à l'Assemblée générale, d'une décision supposée illégalement rendue par la Minorité ; et l'on me répond que l'on se bornera à déposer ma lettre aux archives !

J'ai le plus grand désir d'apprendre ce que l'Assemblée pensera d'une pareille jurisprudence et de semblables procédés de logique : quant à moi, j'avoue humblement que je n'ai pas trouvé le plus petit argument à opposer à ceux de M. le Président. Il est trop clair pour moi que les anciennes règles de la logique ont fait place à de nouveaux procédés d'argumentation que j'ignore.

Mais non ; parlons sérieusement : je préfère croire que M. le Président, mieux inspiré, se décidera enfin à porter le jugement de ma réclamation à l'ordre du jour de la séance de janvier 1859.

Avant de terminer ce paragraphe, je prie mes honorables Confrères d'observer qu'il s'agit uniquement ici d'un malentendu entre M. le Président et moi. On a cherché, je le sais, à propager l'opinion que je m'étais constitué en état d'hostilité ouverte contre *tout l'Institut*. Si ce n'était une erreur involontaire, ce serait une insinuation peu loyale ou une tactique bien maladroite. Je ne prétends pas sans doute être assuré d'une sympathie universelle, n'y ayant pas de titres suffisants ; mais *je ne crains aucun démenti* en affirmant que, de la part des nombreux Confrères auxquels je ne suis pas tout à fait indifférent, je n'ai rencontré, à très-peu d'exceptions près, que des témoignages de bienveillance. Je dis *à très-peu d'exceptions près*, c'est-à-dire peut-être *trois ou quatre*, peut-être moins ; et si cela est, les personnes (très-honorables d'ailleurs) dont il s'agit savent mieux que moi pourquoi elles font exception, bien qu'elles fussent sans doute fort embarrassées pour s'en expliquer. Cela admis, comment pourrais-je être à la fois en guerre avec tout l'Institut et en paix avec tous ses Membres ?

§ II.

Questions complexes dont la solution intéresse la compé-
tence de plusieurs Académies. — Exemple : Comment
on peut reconnaître la Géométrie pour une Science
parfaite, sans exposer les autres Sciences aux attaques
du scepticisme ? — Autre exemple tiré de la Musique
ancienne.

Examinons donc maintenant la proposition en elle-
même, et tâchons d'en bien fixer les motifs et la fin.

Une foule de questions peuvent se présenter donnant
lieu à des Mémoires dont les auteurs, sans excéder les
bornes de leurs études personnelles, sont entraînés hors du
domaine légal de leurs Académies respectives.

Par exemple, l'architecte peut rencontrer sur son che-
min, soit une question de chimie au sujet des peintures qui
ornent les anciens monuments, soit une question de physique au sujet des conditions de salubrité de nos habita-
tions, d'acoustique à l'occasion d'une salle de spectacle ou
d'une salle d'assemblée à construire, etc., etc.

L'auteur d'un Mémoire traitant de semblables sujets se
contentera-t-il de soumettre ses vues à ses Confrères de
l'Académie des Beaux-Arts ? Sans aucun doute il rencon-
trera chez eux les lumières qu'il cherche. Mais d'une part
le public consentira-t-il à trouver suffisamment compé-
tente l'autorité qui aura rendu le jugement ? Ne se fera-t-il
pas un malin plaisir de contester la solution d'une question
de physique ou de chimie qui ne sera pas munie du sceau
de l'Académie des Sciences ? De même une question traitée
dans l'Académie des Sciences Morales et Politiques peut
toucher à la géographie, à la médecine, à la chimie ; une
question d'histoire peut avoir à réclamer le secours de
l'astronomie ; nous venons de voir une question d'anatomie

réclamer le concours d'un illustre Artiste de l'Académie des Beaux-Arts, etc., etc. On pourrait multiplier sans fin de pareils exemples.

Maintenant, puisque les diverses Académies possèdent, dans les réunions trimestrielles, des moyens réguliers de se trouver en contact mutuel, quel meilleur emploi peut-on donner à ces précieuses et trop rares séances, que d'y venir exposer devant le Corps entier, le résultat de recherches qui peuvent avoir un intérêt assez général pour mériter de franchir l'enceinte d'une Classe isolée ?

Sans aucun doute, des compositions où l'agréable s'adjoint nécessairement à l'utile, et tels que nous en communique quelquefois, trop rarement, l'Académie Française, seront toujours « accueillies avec empressement » dans ces réunions, comme l'a dit avec vérité un spirituel Confrère ; mais ce serait beaucoup amoindrir le but et l'utilité de ces séances, que d'y chercher l'agrément seul, ou l'agrément avant tout : car « l'Institut, comme l'a dit encore très-bien le même honorable Membre, ne doit faire que des choses sérieuses ». Le succès des intéressantes lectures qui nous ont été faites aux séances générales par un grand nombre de nos honorables et savants Confrères qu'il serait trop long de citer nominativement, sont là au besoin pour servir de modèles.

Quittons un instant les généralités. S'il est une Académie entre toutes qui ait besoin de rencontrer des points d'appui chez ses sœurs, et qui, par réciprocité, le leur puisse rendre en bons offices, c'est incontestablement l'Académie des Inscriptions et Belles-Lettres, tant par son contact nécessaire avec l'Orient, que par ses investigations incessantes au sein de l'Antiquité, recherches universelles dans le temps et dans l'espace, qui constituent son essence. Ne pas citer quelque exemple pris dans les travaux de cette Académie, ce serait risquer d'être incomplet, de paraître même déserter ma propre cause. Bien plus, ne pouvant être assuré de diriger mon choix sur les sujets les plus propres à servir de preuves, je suis forcé de prendre ceux qu'il m'est le plus facile de traiter. Amené ainsi par la nature des choses à faire allusion à quelques-uns de mes travaux, je le ferai sans fausse honte ; et j'espère que l'on m'en absoudra. C'est donc chose convenue : pour que l'on n'ait point à chercher le bout de l'oreille, je m'empresse de la montrer tout entière.

Par exemple, j'ai obtenu à grand'peine (comme je le dirai plus bas, § III) la faveur de communiquer à l'Institut réuni en séance générale, un Mémoire (1) qui est un peu, tout à la fois, philologique, mathématique, et philosophique, roulant sur une question aussi ancienne que la géométrie, puisque, depuis Euclide, elle sert de base fondamentale à cette science.

Maintenant, irai-je proposer à l'Académie des Inscriptions et Belles-Lettres dont j'ai l'insigne honneur de faire partie, l'insertion de ce travail dans le Recueil de ses Mémoires? Puis-je avec convenance exposer l'honorable Confrère qui a personnellement mission de surveiller et de diriger nos travaux, à un combat inévitable entre de légitimes scrupules de conscience et une condescendance bien naturelle pour tous et chacun de ses Confrères, en exigeant en quelque sorte de lui qu'il ait une opinion sur certaines matières au sujet desquelles il a tout droit de décliner sa compétence? évidemment cela est inadmissible. Mais de cette impossibilité toute relative est-on autorisé à conclure en somme que le travail *n'a pas de juge* au sein de l'Institut, et que pour cette seule raison l'Institut doit le repousser ? Non-seulement ce serait admettre une conséquence

---

(1) Ce Mémoire, aujourd'hui publié, a pour titre : *Sur un point de l'histoire de la Géométrie chez les Grecs et sur les principes philosophiques de cette Science* (lu devant l'Institut à sa séance du mois d'avril, et devant l'Académie des Inscriptions et Belles-Lettres qui en a autorisé la publication) Par A.-J.-H. Vincent, Membre de l'Institut. Paris ; L. Hachette, 1857 ; in 8°

aussi hasardée que sévère; mais ce serait vraiment faire injure à l'Institut.

Un petit fait auquel a donné lieu la lecture de ce Mémoire va m'aider à prouver qu'il a des juges au sein de l'Institut, et par suite à indiquer le mode de jugement qui convient à tous les travaux de ce genre.

Au sortir de la séance où le travail venait d'être exposé, un honorable Confrère de l'Académie des Inscriptions rencontré un savant Géomètre de l'Académie des Sciences, et lui dit : « Que pensez-vous du Mémoire que l'on » nous a lu? — Il n'y a rien de faux, répond le Géo- » mètre; mais c'est un travail inutile ».

Dans ce court dialogue, je vois deux juges et trois jugements.

1° *Jugement du Philologue :* « Quant à moi, je ne con- » teste point les passages de Proclus qui ont été allégués, » ni la traduction que l'on en a donnée ; mais pour tout le » reste, je ne suis pas compétent ».

2° *Jugement du Géomètre :* « Toutes les propositions » énoncées sont vraies; le principe pris pour base est in- » contestable; les conséquences sont exactes ».

3° *Autre jugement du même :* « Mais le tout ne peut ser- » vir à rien ».

De ces trois jugements, les deux premiers sont rendus par des autorités parfaitement compétentes; hâtons-nous de les enregistrer. Quant au troisième, il est facile de voir que le Géomètre a dépassé les limites de sa juridiction. En effet, que le Mémoire en question n'augmente en rien le domaine de la géométrie, j'en tombe d'accord; qu'il n'apporte aux connaissances acquises aucune certitude nouvelle et que le géomètre n'ait point à s'en préoccuper, tout cela est incontestable. Le géomètre prend la science au point où il la trouve; il marche sur un terrain parfaitement ferme et solide, il le sait avec tout le monde; peu lui importe dans quel ordre ses prédécesseurs en ont conquis

les diverses parties; son rôle et son devoir à lui est de
l'enrichir par de nouvelles annexions, sans perdre son temps
à parcourir dans tous les sens des régions déjà explorées.
Ainsi sous ce rapport, « le Mémoire ne peut servir à rien, »
et on l'a dit avec raison. Mais il y avait ici une autre question à examiner, une question de méthode, de pédagogie ;
et pour celle-ci, ce que l'on devait faire, c'était de renvoyer
le surplus de la cause à l'appréciation d'un philosophe.

Cette appréciation, au reste, s'est produite naturellement.
Un savant Professeur, Correspondant de l'Académie des
Sciences Morales et Politiques, homme aussi éminent par sa
vaste érudition que par sa rare sagacité, portait sur ce point
de doctrine, dans le *Journal général de l'Instruction publique*
(29 août 1857), et cela sans y être sollicité en aucune manière, le jugement suivant : « Dans un Mémoire lu à l'Ins-
» titut, dit M. Th.-H. Martin, doyen de la Faculté des Lettres
» de Rennes, M. Vincent a montré tout le parti qu'on peut
» tirer des critiques adressées à Euclide par Proclus, et il a
» été conduit ainsi à proposer un changement qui me paraît
» être *une notable amélioration*. Le nouveau lemme qui le
» dispense de recourir au cinquième postulatum d'Euclide
» ou *à divers subterfuges modernes* me paraît facilement ac-
» ceptable et digne de préférence, pourvu qu'on se con-
» tente de l'expliquer, et qu'on n'aille pas le compromettre
» en prétendant le démontrer, etc., etc. »

L'honorable Correspondant dont je rapporte les paroles
a parfaitement saisi l'état de la question et en donne ici une
excellente solution. Personne, en effet, ne pourra soutenir
contre lui que le rang à établir entre les principes fonda-
mentaux d'une science est sans intérêt, et que le domaine
entier une fois parcouru, peu importe l'entrée par laquelle
on s'y sera introduit.

Dans l'espèce, Euclide a proposé un *postulatum* : il en
fallait un, attendu qu'*aucune science*, dit Proclus, *ne démontre les principes sur lesquels elle s'appuie*. Maintenant, le

principe choisi par Euclide avait-il sur les autres vérités géométriques l'avantage d'être le plus simple, le plus clair, le plus incontestablement pourvu du caractère de l'évidence immédiate et intrinsèque? certainement non : car le fait d'une rencontre nécessaire, à une distance finie, entre une oblique et une perpendiculaire à la même droite (*Eucl.* 5ᵉ*post.*), n'est point un fait de si facile aperception : il exige en effet pour être perçu par l'intelligence, et il exige impérieusement, parmi plusieurs notions préliminaires indispensables, la notion claire et nette de l'asymptotisme et des idées complexes qu'il embrasse. Le lemme formulé par Proclus, au contraire, lemme que je n'ai fait que rappeler et mettre en saillie, est une de ces vérités que l'expérience enseigne à l'homme dès les premiers pas qu'il fait dans la vie, muni de cette lumière qu'il apporte en naissant, *lux quæ illuminat omnem hominem venientem in hunc mundum.*

En effet, quel est l'enfant de dix ans, plus ou moins, qui ne comprenne très-bien, après avoir fait le tour d'une statue de manière à la voir successivement sous toutes ses faces, qu'il a dû pour cela faire un tour entier sur lui-même, et ne le sache de science aussi certaine, en vertu seulement de son sens intime, que l'astronome sait, en le lisant dans ses formules, qu'à chaque lunaison, outre la révolution que la lune exécute autour de la terre, elle fait en même temps, lui présentant constamment la même face, une rotation entière sur son axe?

Voilà donc, et Proclus l'avait dit excellemment, une notion essentiellement propre à servir de lemme fondamental. Et en effet, outre l'avantage de son évidence intrinsèque et immédiate, elle présente encore celui de circonscrire nettement ce que la géométrie admet *à priori*, en le séparant de tout ce qui n'est que le résultat de déductions successives, immédiates ou éloignées.

Avec le *postulatum* d'Euclide au contraire, outre l'inconvénient des notions d'infini qu'il implique essentiellement et dont je veux éviter ici de parler, voici ce qui arrive : on laisse croire à l'élève que la science présente là une lacune, lacune signalée depuis deux mille ans, lacune qui a jusqu'ici résisté à toutes les tentatives incessamment faites pour la combler, mais que peut-être un jour on atteindra le but désiré. « Si l'on eût pu démontrer le théorème (1), dit » Legendre (*Géom.*, 1ʳᵉ éd., p. 286), sans le secours du pos- » tulatum, celui-ci eût été une suite nécessaire de l'autre, » et la théorie des parallèles aurait été complétement dé- » montrée; mais *jusqu'à présent on n'a pu y parvenir* ». On le voit, l'illustre géomètre semble dominé par cette idée, que la science présente ici une imperfection, et pour parler comme d'Alembert, un *écueil* et un *scandale*, dont on parviendra peut-être un jour à délivrer la géométrie; en un mot, qu'il ne manque à la géométrie, pour être une science parfaite, que très-peu de chose, un tout petit théorème au moyen duquel, dès qu'on l'aura atteint, la géométrie *démontrera tout, sans rien supposer à priori*.

Mais, je le demande, par quel procédé de logique aujourd'hui inconnu deviendrait-il possible de démontrer quoi que ce soit sans rien supposer? Toute science que l'on aura pu réduire à une série de syllogismes, ne commencerat-elle pas nécessairement toujours par un premier syllogisme dont la majeure et la mineure devront être admises sans démonstration (2)? *Ex nihilo nihil* : le véritable scandale de la géométrie est de ne point débuter par cet axiome.

Si donc la géométrie n'est pas encore une science tout à fait parfaite, ce n'est point parce qu'elle n'a pas démontré le postulatum d'Euclide; son unique imperfection consiste au contraire à n'avoir point reconnu et proclamé que ce postulatum ne peut être démontré qu'à l'aide d'un autre

---

(1) Savoir : que *La somme des angles de tout triangle rectiligne est égale à deux angles droits.*

(2) Cp. Ch. Jourdain : *La philosophie de Saint-Thomas-d'Aquin* (Chapitre de la Méthode, tome II, page 321).

postulatum qui doit échapper, lui, à toute démonstration, comme étant le premier anneau de la chaîne des vérités géométriques; anneau qui ne saurait trouver son appui (comme les principes de toutes les connaissances dont l'objet n'appartient point exclusivement au monde physique) ailleurs que dans les profondeurs de la raison éclairée par sa lumière native.

Que l'on réfléchisse d'ailleurs au grave danger qui résulte de l'opinion dans laquelle on nous entretient sur cette perfection attribuée, sinon en fait, du moins en puissance, à une seule science à l'exclusion de toutes les autres. S'il existe une science qui démontre ou puisse démontrer toutes les vérités qu'elle embrasse et qui la constituent, sans en supposer aucune, cette science ne fournit-elle pas, par cela même, le type de la certitude? et toutes les autres ne se trouvent-elles pas, par suite, frappées d'une infériorité nécessaire? Un scepticisme universel à l'égard de tout ce qui n'est point cette science parfaite, n'est-il point la conséquence logique de cette perfection exclusive qu'on lui attribue?.....

Je me borne à indiquer cette considération, par laquelle j'ai voulu seulement faire voir que les questions soulevées par le Mémoire ci-dessus mentionné ne sont exclusivement, ni de la compétence du philologue, ni de celle du géomètre, et qu'elles ont besoin d'aller réclamer un troisième juge dans l'Académie des Sciences Morales et Politiques (1).

Des observations du même genre s'appliquent aux travaux qui ont pour objet la musique ancienne. De pareils travaux intéressent avant tout l'Académie des Inscriptions et Belles-Lettres, parce qu'ils sont fondés sur des textes qu'il

_____

(1) Il me semblerait désirable que pour l'examen des questions de ce genre, ainsi que de toutes les questions relatives aux méthodes fondamentales d'enseignement, il y eût dans l'Académie des Sciences Morales, une Section spécialement consacrée à la Pédagogie et à l'Instruction publique, Section dont cette Académie possède d'ailleurs tous les éléments.

faut expliquer. Mais ils n'intéressent pas moins l'Académie des Sciences et celles des Beaux-Arts, soit par les principes d'acoustique qui s'y trouvent invoqués, soit par les moyens d'expression qu'ils peuvent fournir à l'art musical. Je n'aurais certainement aucune peine à prouver qu'ils intéressent même l'Académie Française, par suite de la liaison intime, que les Anciens reconnaissaient entre la musique et la poésie (1). Et quant à l'Académie des Sciences Morales (2), est-il nécessaire de citer Platon pour prouver à quel point la morale publique est intéressée à ce que la musique reprenne dans notre état social le rang qui lui convient, et cesse de figurer dans l'éducation au simple titre d'*art d'agrément*, c'est-à-dire d'*art futile*? La musique un art futile! Que l'on demande aux Ministres des autels ce qu'ils en pensent; qu'on le demande à nos Généraux, heureux d'avoir son secours au milieu des plus rudes épreuves, pour prévenir les défaillances et soutenir l'élan des cœurs.....

Ce qui précède n'est point une digression. J'avais besoin de le dire pour faire comprendre combien l'intervention de diverses Académies peut devenir utile, même nécessaire, dans la révision de certains travaux susceptibles d'être présentés aux séances générales. Il me reste à dire en peu de mots comment j'entends que cette participation peut être convenablement réclamée.

Dans l'hypothèse où nous nous sommes placé, nous admettons que les matières à traiter dépassent la compétence des Commissions d'impression partielles nommées respectivement dans chaque Académie. Mais on est toujours sûr de trouver un tribunal complétement compétent,

---

(1) *Musici qui erant quondam iidem poetæ* (Cic. *de Or.* III, 44). Je compte traiter bientôt ce sujet, ainsi que la véritable manière de traduire sur la scène française les tragédies grecques.

(2) C'est principalement sur l'honorable invitation de cette Académie, présidant l'Institut en 185., que j'ai lu dans le courant de ladite année, en séance générale trimestrielle *un mémoire sur la musique des anciens Grecs*.

soit dans le Bureau de l'Institut, à la composition duquel contribuent toutes les Académies, soit dans une Commission nommée *ad hoc* d'après le même principe. Les Membres de cette Commission n'auraient point à porter de jugement personnel sur l'ensemble du travail, mais chacun donnerait son avis sur les points qui le touchent, et les discuterait avec l'auteur devant la Commission : car il paraît probable que l'auteur d'un Mémoire portant sur une matière complexe qu'il a élaborée, sera toujours le meilleur juge de l'ensemble. L'auteur suffisamment entendu, la Commission délibérerait en comité secret; et enfin l'on irait aux voix pour décider si l'impression réclamée doit avoir lieu.

Quand le Mémoire aura subi avec succès une semblable épreuve, on doit être bien assuré que hors de l'enceinte du tribunal, personne ne se trouvera pour réformer le jugement : ou bien alors l'Institut ne serait pas ce que tout le monde le suppose, aussi bien au dehors qu'au dedans, et ce que l'on a tout droit de le supposer en effet.

Je crois avoir démontré, dans ce qui précède, la convenance, même la nécessité d'un Recueil des Mémoires lus dans les séances générales. On peut dire à l'honneur de l'Institut que ce recueil manque : car avouer le contraire, ce serait presque nier l'utilité bien réelle des séances générales.

§ III.

Règlement des séances générales. — Le droit à la parole mis en question au centre même de la République des Lettres.

Je passe maintenant à la proposition que j'avais réservée bien qu'elle soit logiquement la première : en effet, avant de songer à former un Recueil de Mémoires, il faut que des Mémoires aient été lus, et c'est à assurer cette lecture que tendait ma première proposition. Je demandais que tout

Membre d'une quelconque des cinq Classes de l'Institut fût admis, en s'adressant au Bureau central *à défaut du Bureau de son Académie particulière*, à prendre rang pour une lecture dans les séances générales, réservant toutefois à l'Assemblée réunie le droit que lui assigne le Règlement, de déterminer l'ordre de priorité entre les diverses lectures proposées.

Rien, au reste, n'est plus simple, plus naturel, et moins susceptible de fournir matière à contestation. Le § II de l'article 8 du Règlement du 19 juillet 1848 dispose que l'ordre du jour de chaque séance générale « se composera » des matières qui auront été désignées par la dernière » assemblée générale, par une des cinq Académies, ou par » le Bureau ».

Cet article est tellement précis relativement au droit qu'il reconnaît au Bureau central de concourir à la composition de l'ordre du jour (ce qui entraîne le droit corrélatif pour chaque Membre de recourir à l'autorité du Bureau central afin d'être porté sur cet ordre du jour), que l'on a peine à comprendre qu'il puisse y avoir là matière à discussion. Cependant une discussion, devenue nécessaire, a eu lieu le 1ᵉʳ juillet 1857, à la suite d'un refus persistant opposé par le Bureau d'une Académie, contre une demande d'inscription pour un tour de lecture dans la séance générale (1). Mais après une réclamation adressée, en conséquence, à l'Assemblée générale, le droit contesté fut reconnu, et le procès-verbal de cette séance en fait foi ; voici en quels termes : « Il n'y a donc pas, quant aux lectures, de présen- » tation exclusive par une seule Académie ; il y a plusieurs » voies ouvertes....., et le préopinant pourrait agir par » d'autres moyens que réserve le Règlement ».

Or, on peut voir ce qu'il faut entendre par ces autres moyens puisqu'il en existe trois, savoir : une désignation

_____

(1) Il s'agit du Mémoire sur les fondements de la Géométrie, mentionné ci-dessus au § II.

faite à l'avance 1° par l'Assemblée générale, 2° par l'une des cinq Académies, 3° par le Bureau central.

Après un énoncé aussi clair, aussi concluant, est-il concevable que l'on ait pu nier avec persistance pendant un an, pendant deux ans, et nier encore dans la séance du 6 octobre dernier, le droit qui appartient à tout Membre de l'Institut de demander la parole à l'Assemblée par l'organe du Bureau central, sans en avoir obtenu *la permission* préalable du Bureau de son Académie, lequel, dans le système que je combats, aurait le droit de refuser cette permission (1)?

Mais qui n'aperçoit le cercle vicieux dans lequel on tourne ici? Si l'un des cinq Bureaux partiels s'attribue le droit d'interdire la parole dans l'Assemblée générale, et si cette décision est sans appel, par quel moyen un Membre qui demande à faire une communication sur quelque objet où la spécialité restreinte d'une Académie se trouve tant soit peu outrepassée, parviendra-t-il à se faire entendre? Et, dans cet état de choses, quelle utilité réelle reste-t-il aux séances générales? A quoi bon même une séance publique en commun, si ce n'est pour consacrer une vaine et stérile fiction? S'il en est ainsi, supprimez l'Institut comme Corps, et retournons aux Académies de Louis XIV!

Ici, nous devons tout dire : il faut que l'Institut qui l'ignore, il faut que l'Institut tout entier sache bien quelle prétention mal inspirée a amené le conflit actuel. Car il

---

(1) Je me suis également efforcé de rechercher la cause de cette dénégation persistante ; et je crois en avoir trouvé, non la justification, mais une sorte d'explication, dans l'absence d'un honorable Confrère pendant la séance du 1er juillet 1857. L'absence était un droit pour l'Académicien, je suis loin de le contester ; mais je ne crois pas être trop sévère en disant que c'est un devoir pour le Secrétaire perpétuel de prendre connaissance des procès-verbaux et les décisions de l'Assemblée qui ont force d'articles réglementaires, et généralement de ne point considérer comme non avenu tout ce qui s'est fait en son absence. Si cette indication fournie par le simple bon sens eût été suivie, on aurait épargné à l'Institut toute cette inutile, fastidieuse et déplorable discussion qui me force à jouer en ce moment un rôle si pénible.

ne s'agit de rien de moins que du *droit à la parole*, dont quelques Membres du Corps voudraient contester l'exercice à quelques-uns de leurs Confrères (1). Certes, s'il fallait, pour être autorisé à réclamer ce droit, prendre l'engagement de ne le point exercer sans y apporter une éloquence comparable à celle de l'illustre Académicien à qui est venue la malheureuse pensée de le mettre en question, il est vrai qu'alors bien peu pourraient y prétendre. Presque tous n'auraient plus d'autre rôle à remplir que d'écouter en silence; et c'est en effet ce qu'ils auraient de mieux à faire si l'unique but des séances générales était l'étude et l'admiration des grands modèles. Mais il en sera tout autrement si, comme on peut le penser, les réunions générales sont pour tous et pour chacun de nous en particulier l'occasion et le moyen de venir soumettre aux lumières de ses Confrères, sans fleurs de rhétorique, tout fait nouvellement aperçu, toute idée utile au progrès de la science, qui peut avoir besoin, pour arriver à maturité, d'être exposée à la chaleur d'une discussion éclairée et consciencieuse. En d'autres termes, les séances générales doivent être pour nous un champ de bataille pacifique, où, il est vrai, la gloire est toute pour les forts, le danger tout pour les faibles, mais où le devoir est le même pour tous. Or, c'est pour chacun de nous un devoir autant qu'un droit, de venir mettre en lumière tout ce qu'il juge capable de contribuer au progrès de l'esprit humain et à l'avancement des connaissances dans tous les genres, les lettres, les sciences, les arts. Si tel est, ce que personne ne peut contester, le véritable but de notre noble Institution, le droit à la parole est un droit imprescriptible, acquis à des titres inégaux sans doute, mais cependant toujours égal à lui-même, dont se trouvent investis, une fois reçus, tous les membres de la famille.

---

(1) Si l'honorable Confrère à qui est venue cette idée malheureuse n'a pas regretté de l'avoir émise, je dois au moins à la vérité de dire qu'il ne l'a jamais appliquée.

D'ailleurs, on ne parle point devant le public, envers qui chaque Académie partage la responsabilité de discours tenus, jusqu'à un certain point, en son nom : ici le lecteur ou l'orateur est seul responsable envers l'Institut seul.

En résumé, s'il est un droit que l'on puisse contester ici, ce n'est donc pas le droit à la parole, pourvu que l'exercice en soit soumis à des règles que personne ne refusera de reconnaître et de respecter. Mais pour le droit d'interdire la parole à ses Confrères, disons mieux, de mettre ses Confrères en interdit, pour celui-là on peut, on doit le nier.

. . . .

. . . .

Au reste, il est facile de prévenir certains abus que l'on pourrait craindre, en adoptant pour les séances générales quelques mesures comme les suivantes :

1° Que les diverses Académies soient appelées à parler à tour de rôle (1) ;

2° Que l'on fixe, pour chaque tour de parole, une limite de temps qui ne pourrait être dépassée que dans le cas d'insuffisance des matières à traiter.

Etc., etc.

Le tout, bien entendu, sans préjudice des discussions auxquelles chaque lecture pourrait donner lieu.

Ces conventions une fois converties en articles de règlement, les discussions sur le droit à la parole se trouvent sans objet et n'ont plus aucune raison d'être. Mais, d'un autre côté, il serait nécessaire *que l'ordre du jour de chaque séance fût distribué au moins huit jours à l'avance.*

---

(1) L'Académie des Sciences, en raison du nombre de ses Membres, aurait la parole deux fois à chaque tour.

§ IV.

Conclusion.

MESSIEURS ET TRÈS-HONORÉS CONFRÈRES :

J'ai accompli la tâche que je m'étais imposée, tâche bien pénible, vous n'en pouvez douter, et que je n'aurais pas entreprise si je n'y avais vu un devoir à remplir.

Maintenant, ce qui précède donne un exposé des faits, exposé aussi fidèle qu'il est consciencieux, du moins je le pense, et j'espère que le procès-verbal de la séance du 6 octobre confirmera mes dires. Chacun de vous, Messieurs, est donc suffisamment renseigné.

Or, chacun de vous aussi sait tout comme moi, qu'une Assemblée ne peut jamais prendre, fût-ce même à l'unanimité, aucune décision valable qui soit en opposition avec son Règlement : car « si les lois sont mauvaises, » il faut les réformer ; mais, tant qu'elles existent, on doit » les respecter et les exécuter ». A plus forte raison si l'Assemblée est en minorité ; surtout, si les décisions qu'elle prend violent les droits de la Majorité absente.

Par conséquent, les décisions prises dans la séance du 6 octobre dernier, en tant qu'on voudrait les interpréter dans le sens du rejet définitif de mes propositions, sont moralement nulles et de nul effet ; elles n'auraient pu, sous ce rapport, être mises aux voix autrement que par erreur, surprise et malentendu.

Mais pourquoi insisterais-je ? Je n'ai certes pas la prétention de dicter à l'Institut la conduite qu'il doit tenir, encore moins de m'insurger contre ses décisions rendues régulièrement après mûre réflexion et en connaissance de cause : une telle conduite ne serait pas moins insensée de ma part que chez d'autres l'idée de m'en croire capable.

Cependant, si vous pensiez, Messieurs, absents ou présents, avertis ou non, que tout ce qui s'est fait le 6 octobre est régulier, par conséquent bon et valable, ou du moins vous est indifférent, et s'il ne vous plaisait point de vous en occuper, je n'aurais plus qu'à m'incliner et à reconnaître que je me suis trompé. Un tel résultat m'affligerait sans aucun doute; mais, croyez-le bien, Messieurs et chers Confrères, ce ne serait pas dans mon amour-propre que j'en souffrirais le plus.

. . . .

. . . .

P. S. Mais, après tout, qu'est-il besoin de renouveler une discussion pénible? A quoi bon charger 1859 du souvenir de 1858, et rendre l'avenir solidaire du passé.

Que mes premières propositions, désormais oubliées, j'y consens, soient donc remplacées par une proposition plus large ainsi formulée, savoir : qu'il soit institué un

Recueil des Comptes rendus des séances des cinq Académies, tant des séances secrètes que des séances publiques, comprenant les Mémoires (ou un choix de Mémoires) lus dans ces séances, ainsi que les Rapports des Commissions mixtes;

Que le nouveau Bureau, constitué dans la séance de janvier 1859, veuille bien mettre cette nouvelle proposition à l'ordre du jour pour la séance d'avril suivant ;

Et que, dans le courant du premier trimestre de 1859, la nouvelle Commission administrative veuille bien soumettre à l'étude les éléments de cette même proposition, en tenant compte des renseignements que je m'engage à lui fournir relativement aux voies et moyens, afin de pouvoir présenter son Rapport dans la séance d'avril 1859.

Alors, si cette proposition est rejetée après avoir été régulièrement examinée et discutée, on n'aura pas du moins à reprocher à l'Institut d'y avoir apporté une légèreté indigne d'un Corps si illustre, et que son illustration même oblige.

Paris, le 6 décembre 1858.

A.-J.-H. VINCENT,

Membre de l'Institut
(Académie des Inscriptions et Belles-Lettres).

Paris. — Imprimerie de Mallet-Bachelier, rue du Jardinet, 12.

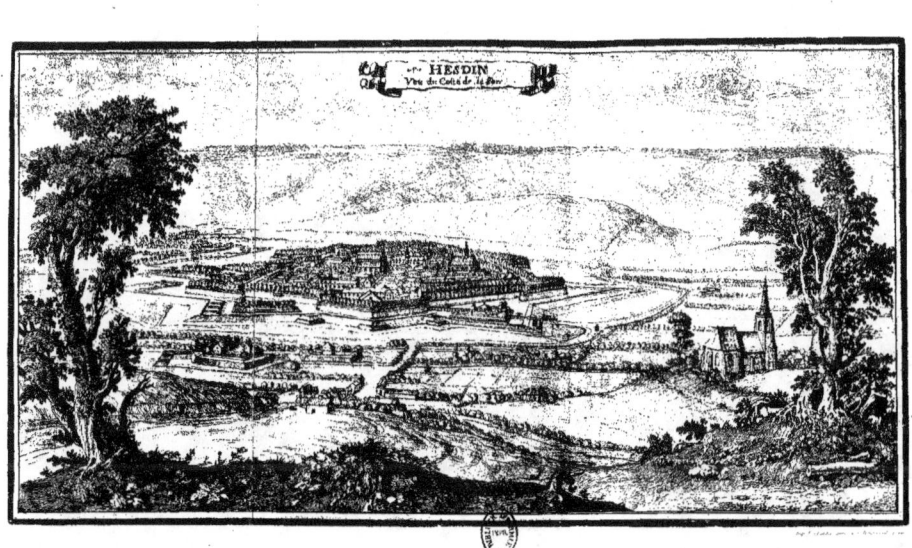

HESDIN
Vüe du Coté de la Pou